이 시간을 기억해

Treasure
This Moment

2021

이 광 호 0 1

*일러두기

작가 특유의 글맛을 살리기 위해, 비문 및 사투리, 신조어가 포함되어 있다.

이 책은 작가 이광호의 독립출판물 〈이 시간을 기억해〉의 두 번째 개정판이다.

작가의 요청에 따라 독립출판물 초판 〈이 시간을 기억해〉에서 벗어나지 않게 책을 정돈하고 펴냈다.

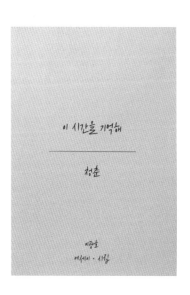

▲ 2016년 발행, 독립출판물 〈이 시간을 기억해〉 초판 모습

작가의 말

나의 두 번째 독립출판물이었던 〈이 시간을 기억해〉는 문학적으로나 사고적으로나 많이 부족하기도 했고 노인이 되어가고 있음을 인정하는 요즘, 어린 시절의 이야기를 하는 것이 어색할 수밖에 없어 절판을 계획했다.

　　하지만, 수 년이 지난 후 내가 우연히 이 책을 펼쳤을 때, 느낀 것은 부족한 것들이 아닌 서툴렀지만 바르고 건강했던, 그래서 앙증맞고 힘차게 느껴지는 나의 젊음이었다.

　　젊음. 지금은 꾸며내지도 못하는 것들. 이 책이 그것이다. 사람들이 칭찬했던 이유다. 여전히 찾아 주는 이유다. 그리고 읽혀야 할 이유다. 내가 감히 이 귀한 걸 묻으려 했다니. 반성하며 다시 내어 놓는다.

자신의 세상을 찾아

자신을 안아주고

자신을 다그칠 수 있기를

다시, 날 안아줘

다시, 널 생각해

다시, 날 안아줘

몇 번째의 눈

사람들은 하나같이 첫눈만 좋아해서
나는 너를 좋아한다
세상 모든 사랑은 첫눈에 소비되어
네 몫의 사랑은 없겠지
그래도 뭐
내려가 봐야 하나
구름 박차고 돌벽에, 흙바닥에
처박혀 봐야 하나
고민했겠지, 됐겠지
의미 없을 부서짐을 혹은
구름 안에서 녹아질 너를
그래도 내려오겠지 그러겠지, 너 또한
몇 번째의 눈이라도 이 세상은 한 번이기에
사람들은 하나같이 첫눈만 좋아해서
나는 너를 좋아한다

달

우리는 달을 본다
낮에는 몰랐을 달을
알았다 한들 쓸모없었을 달을

우리는 달을 본다
쓸모없었을 낮 내내 버텨낸 달을
기어코 밤을 맞이 한 달을

혼자 떠나는 여행

혼자서 여행을 가요
동해로 가자 서해로 가자 하는 사람 없으니
내 좋을 대로 남해로 가요
혼자서 여행을 가요
렌트하자 기차 타자 하는 사람 없으니
타고 싶은 걸 타요
나는 원래 버스를 좋아해 버스 타고 남핼가요
눈치 볼 사람 하나 없고
모든 선택은 내가 할 수 있죠
내가 좋아하는 것만으로

혼자서 여행을 가요
고기 굽자 국수 말자 하는 사람 없으니
먹고 싶은 백반으로 먹어요
선택은 내가 하죠
내가 하고 싶은 것만으로
혼자서 여행을 해요
내가 좋아하는 걸 알게 돼요

나아가기 위해

보이지 않아도

가야 한다면

손을 저어봐도 잡히는 것 하나 없대도

가야 한다면

나를 믿어야 한다

그동안 신뢰하지 못했던 나의 촉이라도

유별나게 겁이 많은 나의 두 발일지라도

의심도 질문도 없이 나는 나를 믿어야 한다

아득히 멀리 빛 한줄기라도 있다면

먼지 같은 빛이라도 그 빛 따라 나아가겠지만

따라갈 어느 것 하나 없는 이곳에서는

그저 나를 믿어야 한다

보이는 것 하나 없는

잡히는 것 하나 없는

믿을 곳 어디 없는 이 어둠에서

나아가기 위해 나는 나를 믿어야 한다

서울의 밤

한강 너머는 화려해, 밤하늘 보다 빛나고

그래서인지 위를 바라보는 내게 밤하늘은 더욱 어둡다

내 친구는 서울의 불빛에 눈이 멀어 멍든 곳을 찾지 못
하고

나는 불빛 너머 길어진 그림자의 짙은 멍에 손을 뻗지
못한다

내 친구도 나도, 나아질 거라 생각을 하지만

멍은 깊어만 가고 서울 불빛의 잔상들에 착각을 이어간다

용기

courage

"선생님 저 이제부터 레슨 안 나오려고요."

"왜, 무슨 일 있어요? 아직 수강 날도 많이 남았는데?"

레슨 선생님과 이야기를 마친 후 스튜디오를 나오면서 내가 가지고 있던 모든 청승을 다 떨어 눈물 조금을 흘렸다. 그날은 내가 3년 정도 꿈이라 요란 피우던 음악을 내려놓던 날이었다. 열정의 고갈, 현실의 벽 어떤 이유로 포기했든 상관없던 것이 모든 것은 핑계가 될 테고 사람들은 나를 패잔병으로 생각할 것이었다. 며칠간은 주위 사람들의 질문 어떤 것 하나에도 대답할 수가 없었는데 꿈을 포기한 나의 사정을 설득하고 있을 내 모습이 보기 싫었고 그동안 나의 꿈을 부러워하고 멋지게 생각해 준 몇몇에게 실망하지 말아 달라고 이야기하는 것 같아 보일까, 그게 또 싫었다. 꿈을 포기하고서도 나는 줄곧 그들을 생각했는데 아마 꿈을 포기하지 못한 이유가 그들이었기 때문일 것이다.

내가 음악이라는 걸 하겠다고 마음먹은 건 단지 재미있었고 하고 싶어서였는데 주변에선 내가 음악을 한다고 하니 비행기를 태워 구름 위에 올렸고 구름 위에 앉은 나는 음악을 계속해야 할 것 같았다.

나는 음악을 즐거워했고 음악에 빠져 살다 보니 부모님과의 마찰이 잦았다. 그때마다 나는 '꿈'이라는 단어를 사용했고 자식이 꿈이 있다 하니 부모님도 늘 별수 없어 했다. 꿈이 있다는 건 참 좋았다. 친구들은 자격증이다, 토

익이다 준비할 때 나는 밤새 쓴 곡을 친구들에게 들려주며 "나는 음악 하니까, 그런 건 안 해"라고 당당할 수 있었고 주위의 시간 낭비론, 음악 성공 불가론에 맞서 싸우다 보면 나는 불확실한 미래에 도전할 줄 아는 용기 있는 청춘이 되어 있었다.

꿈이 뭔지도 모른 채.

몇 차례의 기획사 오디션 낙방에도 나의 열정은 식지 않았다. 꿈은 쉽게 포기하면 안 되는 단어이니까. 하지만 오디션 방송 프로그램 탈락 후에는 이야기가 달랐다. 나는 음악을 좋아했지, 잘 하지 않는다는 것을 똑똑히 알아버린 것이다. 어쩌면 이미 어린 시절 몇 년씩 피아노 학원에 다녔어도 동요집조차 떼지 못하는 아들의 음악적 재능을 알았던 부모님이었기에 기어코 아들의 꿈을 지지해 주지 않았던 것 같기도 했다.

그래도 나는 음악을 포기할 수 없었다.

그동안의 시간이 아까울뿐더러 내가 할 줄 아는 것이라고는 이것뿐이었고 주변에서 이미 나는 음악 하는 아이로 통하고 있었기 때문에, 그리고 무엇보다 허울뿐인 꿈을 단단히 믿고 있었기에. 나는 여전하고 싶었다. 나에 대한 그들의 믿음도 동경도 인기도 나의 열정도. 여러모로 나는 꿈을 가진 청년이라는 시선에 취해 있었고 취기는 나를 작곡 공부로 잇게 해주었다. 작곡 공부는 어렵지 않았고 마스터 키보드는 나의 SNS 피드를 더 멋지게 꾸며주었다. 하지만 이상하게 모든 것들이 조금도 즐겁지 않았고 즐겁지 않은 나의 시간은 쓰이지 않은 채 보내지고 있었다. 그토록 재미있었던 음악이 더 이상 재밌지 않게 돼 버린 것이다.

슬럼프 혹은 변덕이라 나는 나를 의심했고 이 시기가 구름과 같이 지나가길 기다렸다.

'나는 왜 음악을 꿈꿨지?'

하지만 물 한 모금 없이 삶을 달걀을 줄기차게 식도로 밀어 넣는듯한 시기에 나는 끝내 가장 중요한 질문을 나에게 던졌고 그 답이 얼마나 명확했는지 나는 그 길로 전철에 올라 스튜디오로 향했다. 그리고, 더 이상 하고 싶지 않은 음악을 놓기로 했다.

우리는 살면서 하고 싶은 것들이 몇 번씩은 바뀐다. 더 돈이 되는 것을 알았거나, 더 이상 즐겁지 않을 때 혹은 나 자신이 사라지고 죽어가는 느낌이 들 때. 어찌 되었든 넓어진 견해와 성장해버린 자신을 인식하지 못하고 우리는 하고 싶은 것들이 변하면 변덕이라 부르며 다시 바로 잡으려 노력한다.

하지만 분명한 건 사랑 없는 사람을 사랑하는 일, 좋아하지 않는 음식을 먹는 일처럼 마음 없는 일은 참기 힘든 괴로움을 준다는 것이다.

어쩌면 우리는 필요하지 않을까 생각해 본다.

나의 자리가 아닌 자리에서 일어날 수 있는 용기
나와 맞지 않는 옷을 벗을 수 있는 용기
나의 일이 아니라 생각한 일을 포기할 수 있는 용기
나의 눈이 아닌 타인의 눈에서 멀어질 수 있는 용기

'요즘 젊은 애들은 근성이 없어 금방금방 포기해버려.'

어쩌면 내가 가장 듣기 무서워했을 말이지만 이제 나는
포기할 일이라면 용기 있게 포기하고 근성이란 것을 아껴
포기하고 싶지 않은 것들에 쏟아부을 것이다.

헛

꿈보다 겁을 먼저 배운 당신은
헛된 시간을 보낼까 걱정이지만
다른 것으로 시간이 쓰여질 뿐
헛 시간으로 가진 않겠지요

다만, 그 시간이 싫으시다면
헛 이라면 헛 이겠지요

학교

우리는 배워야 한다
규칙을 알아야 스포츠가 재미있고
조작키를 알아야 게임이 재미있듯
세상을 알아야 세상이 재미있다

우리는 배워야 한다
교통신호를 알아야 내 몸이 안전하고
사용법을 알아야 기계가 안전하듯
세상을 알아야 세상이 안전하다

다 똑같이 배우는 그까짓 거
남들 다 하는 거 못해도 된다
남들이 못하는 걸 잘하면 되니까
하지만 그걸 알고자면 배워야 한다

삶은 선택의 연속이고
더 나은 선택을 위해 우리는 배워야 한다

헐값

나는 나를 팔고자 한다
네 미소의 잔상에, 네 눈빛의 조각들에 혹은 네 목소리
몇 음절에 나는 나를 팔고자 한다
우리의 시장은 열렸고
내게 볼일 없는 그대의 흥정은 나를 헐값으로 만든다
아무렴 어떨까, 네 이름의 자음만이라도 내게 준다면
나는 나를 팔고자 한다

제자리 청춘

나아가지 못했다
다만
물러서지도 않았다
서 있기도
힘든 세상인데 말이다

오늘 역시 제자리일지라도
나아감은 물러서지 않음에서부터

가만히 집을 짓다가

오늘은 집을 짓고 살고 싶어
낙엽처럼 떨어진 것들을 모아 바닥 깔고
마른 땅에 말뚝을 박는데
자꾸만 집이 무너진다

지탱할 무엇이 있으면 돼
나무에 집을 묶었다
단단히 묶어낸 나무
바람에 흔들릴 때마다 집이 흔들려
흔들리고 싶지 않은 나는
단단한 바위
집 기둥에 받쳐 놓고
됐겠지 싶은데
하나둘 바위가 밀려나 집이 주저앉는다

날은 어두워지고
아직 집을 짓지 못한 나는
무엇에 더 집을 묶어야 하나
무엇으로 집을 더 받쳐야 하나

나의 정상을 위한 나의 등산

등산을 하다 보면 일찍 출발한 사람, 등산에 아주 능숙한 사람 등등 아주 많은 사람이 있는데 출발이 달랐든 속도가 달랐든 그들은 나보다 산을 빨리 오르고 나보다 먼저 정상에 도착한다. 하지만 그것은 내가 정상에 오르는 것과는 전혀 연관이 없었고 그들이 정상에 올랐다고 해서 내가 정상에 못 오르는 것은 아니었다.

그랬다. 다른 사람이 나보다 빨리 성공한다고 해서 내가 성공을 못 하는 것도 아니며 나아가는 나의 속도에 영향을 주는 것도 아니었다.

그들은 단지 그들의 산에 오른 것이고 그들의 정상에 선 것이다.

자,
나도 나의 등산을 하자. 나의 정상을 위해!

아쉬운 존재

신은 우리를 성공하게끔 만들어 주지는 않았지만
신은 우리를 성공할 수 없게 만들지는 않았다
변명할 거리는 수없이 많겠지만
아쉽게도 우리는 뭐든지 할 수 있는 존재다

재미

사는 게 재미없다고
재미있는 거 없냐 물으시면
네 재미는 네가 알지요
내가 네 재미까진 모르겠음돠

나는 글 쓰는 게 재밌는데
친구 놈은 뮤지컬이 재밌대
근데 후배 놈은 뮤지컬은 노잼이요
당구 볼링이 존잼이라는데

네가 뭘 해야 재미있을지는
너한테 물어보시고 그걸 하시자고

쿠키

어른들이 만들어 놓은 쿠키 말고
나의 쿠키를 만들어 먹고 싶어요
아직 잘 모르고 부족해 쿠키를 태워도
내가 만든 쿠키를 자랑하고 싶어요
나는 새로운 쿠키를 만들 거예요

사과나무

사과나무야 사과나무야
너도 감 한 번 맺어보자
말리면 곶감되고 익히면 홍시되니
감만한 게 없지 않겠냐

사과나무야 사과나무야
감은 됐고 포도 한번 맺어보자
요새 포도 값이 금값이니
포도 한번 도전해보자꾸나

사과나무야 사과나무야
이도 저도 싫은 게냐
안 된다 하지 말고 도전을 해 봐아지
아
네가 사과나무인 걸 내가 잊었구나

고민에 대하여

하고 싶은 일에 대해 고민을 오래 하다 보면 나이에 대한 걱정, 성공에 대한 확률, 남들의 시선, 하지 말아야 하는 이유들이 수 백, 수 천 가지가 생겨납니다. 그에 비해 해야 하는 이유는 하나뿐이죠.

내가 하고 싶으니까.

고민을 오래 하지 마세요. 늙어 죽을 거예요.
당신이 하고 싶은 일을 해 보지 못한 채.

나는 표류하지 않았다

너무 멀리 와 버렸나
내가 어디쯤 왔나 몰라 버린다
애초에 존재하지 않는 바다의 길을
종일 헤매고 찾는다
혹, 잃은 건 아닌가
불안으로금 세워진 나는
애초에 어디 있을지 모를 육지와의 거리를
가만히 계산하다 파도에 견인된다
나는 파도에 실렸지만, 파도에 나를 맡기진 않았고
파도는 파도대로 나를 잘 이끈다
나는 애초에 존재하지 않던 길로 나아가고
바다는 파도만을 내어준다

태도

젊으니까 쉬지 않고 일하라지만
젊기에 할 수 있는 일을 찾고 싶고
하고 싶은 거 다 하고 성공은 못한다지만
결과만큼 과정도 즐기고 싶다
물들어 왔을 때 노를 저어야 한다지만
물 없이 나아가는 법을 익힐테고
돈보다는 내 가족과의 시간을 소중히 하고 싶다

방귀가 아니라는 수밖에

아버지의 용돈으로 살아가는 난데
아버지가 방귀를 뀌었다 하면
아버지는 용돈을 안 주실 테니
방귀가 아니라는 수밖에
어머니의 밥을 먹고 살아가는 난데
어머니가 방귀를 뀌었다 하면
어머니는 밥을 안 주실 테니
방귀가 아니라는 수밖에
나도 방귀를 방귀가 아니라는데
광고 받아 벌어먹는 언론은 못 믿을 수밖에

자라는 새벽

공기도 쉬어가는 듯 차분하고
몇몇의 신호등도 퇴근한 새벽
조용한 세상에 내 방에서만 들리는 자판 소리
사방이 어두운데 스포트라이트 같은 내 방 형광등
잠들면 키도 자라는 새벽에는
성숙 혹은 성장하는 기분이 든다
무언가 이룰 수 있을 것 같은 기분과 함께

4월 16일의 봄

봄아 따듯해야 해
하늘 너머 바다 아래
모두 따듯해야 해
꽃들이 어디 있든 간에 따듯할 수 있게
피지 못한 꽃들이 필 수 있게
꺾여진 꽃들도 따듯할 수 있게
잊지 말고 따듯해야 해

거짓말을 믿는 사람들

사람들은 거짓말로
상처를 받는다 하지만
사실 상처를 받는 건
거짓을 마주할 때가 아닌
진실을 마주할 때이다

상처를 받기 싫은 사람은
오늘도 거짓을 믿는다

어른이 된다는 건

이젠 어른이라며 아무도 내가 내린 결정에 토를 달아주
지 않는다

그렇기에 가끔은 겁이 나는데 이전에 느끼던 겁과는 다
른 느낌의 겁이 난다

혼자 내린 결정이기에
책임을 나눠 가질 누구도 없기에

아마도 더 어른이 된다면
다른 누군가의 결정도 내려야 하겠지
다른 누군가의 책임도 맡게 되겠지

지금이라도 내가 내리는 결정에 안 된다고 실패할 거라
고 예전같이 충고라도 해준다면 한편으로 안심하며 오기
로라도 덤벼들 텐데

이제는 어른이라고 알아서들 피해줘
걸리는 돌부리 하나 없으니
겁이 나는구나
겁이 나

맞춤법

살다 보니
종이 위에 나를 맞추고 있더라

그랬더라
사람들과 어울리는 색으로
사람들이 바라는 조건으로
어느새
나의 맞춤법은 될 대로 돼었다

취업

결과가 아닌
계기가 되길

꿈의 직장

꿈의 직장이라는 곳에는
우리의 꿈이 있을까
그곳에서는 꿈을 꿀 수 있을까
꿈의 직장이라는 곳에서
우리는 꿈을 지킬 수 있을까

어쩔

어쩔 수가 없어서
어쩔 수가 없다
어쩔 수만 있다면
어쩔 수를 낼 텐데
어쩔 수가 없어서
어쩔 수가 없구나

육십

60

대학 당시 나는 단기 아르바이트, 학부 조교, 장학금 등으로 용돈을 벌었다. 그리고 아버지의 초상이 아닌 세종대왕의 초상이 선명하게 보이는 돈을 만지다 보니 돈을 모아야겠다고 생각이 들었다.

'그래, 나도 이제 어른이니까.'

나는 은행 다니는 걸 제법 좋아했는데 가진 돈은 없어도 대단한 경제활동을 하는 것 같았고 다리를 한껏 꼬아 차례를 기다리는 시간에는 주민등록증의 잉크가 비로소 마르는 것 같았기 때문이다. 나는 미래의 나를 위해 처음 적금이라는 것을 들었고 오늘의 나에게는 이제 미래의 나에게 양보해야 한다며 다그치기 시작했다.

보고 싶은 영화를 보지 않아야 했고 후배들에게는 인색한 선배가 되어야 했다. 교수님은 몇만 원씩 하는 뮤지컬과 공연을 봐야 한다고 했지만, 나에겐 사치도 그런 사치가 있을 수 없었다. 사람들과의 만남은 줄어들었고 해외여행은 사진으로면 충분했다. 나는 늘 궁핍했고 나의 시야는 통장과 전공 서적을 벗어나지 않았다.

군 전역 후 처음, 통장에 60이라는 금액이 찍혔고 참지 못하는 나의 설레발은 어머니에게로 이어졌다. 하지만 예상과는 다르게 어머니는 조금도 나를 칭찬해 주지 않으셨다.

"니 나중에 60만 원으로 뭐 할라꼬? 니가 지금 모으는 돈이 나중에 큰 도움이 될 거라 생각하나?"

'네가 훌륭한 사람이 되면 60만 원은 하루에도 벌 것이다, 차라리 그 돈으로 청춘을 살아라, 하고 싶은 것이 있어 돈을 모으는 거라면 찬성하겠지만 그 돈을 언젠가의 너를 위해. 집 마련, 결혼자금을 위해 모으는 거라면 되지도 않을뿐더러 나는 반대다. 사회생활도 하기 전 모으는 푼돈은 그저 푼돈이다.

나는 잠깐 어머니가 미웠지만, 나의 노력을 고작 60만 원이라고 말해주는 어머니가 고마웠다. 어른 흉내를 내다 지친 아이의 볼을 꼬집어주는 진짜 어른 같았기 때문에. 나는 어머니의 말대로 내 청춘을 다 바쳐 모은 돈이 신혼집의 TV 한 대라면 마음이 아플 것 같았다. '고작 나의 청춘이 언젠가는 부서질 TV 한 대라니...' 나는 그동안, 저축할 수 없는 것들을 포기하고 저축한 육십만 원을 찾기 위해 어른들의 은행으로 향했고 은행으로 향하는 길에 좋아하는 친구에게 데이트 신청을 하며 메모를 했다.

저축할 수 없는 것들을 저축하자.

위하여

파괴될 외제 차와
잃어버릴 다이아를 위하여 살지 말자
그러지 말자
그저 폐기되지 않을 나의 것을 위하여
그것들을 위하여 살아가자

청춘이 힘든 이유

새벽 출근에
연장 근무에
서 있을 힘도 없는데
젊다는 이유로
앉을 수 없네

윗사람

내가 잘 못 돼서
네가 잘 못했고
네가 잘 못 돼도
내가 잘 못했다

퇴사

세상은 울타리 밖에 있다만
거 가지 마라 넘지 마라
나가봐야 좋은 소리 못 듣는다
도전이다 뭐다 과장 마라
연봉이 최고지 연금이 최고지

있거라 네 청춘 다 닳도록
울타리 안에서

고장 사유

오랜만에 꺼내보면 고장 나 있는 것들이 있다
함부로 쓰지도
잘 못 쓰지도 않은 그런 것들
결국 버려져야 할
사용하지 않았다는 이유로 고장 난 것들
좋은 곳에 쓰이겠다, 아꼈던 나는
고장 나 버린 걸까
어디에 써야 할지
어떻게 써야 할지
도저히 모르겠다
사용하지 않았다는 이유로

우리가 잃을 것들

썹을 테면 썹어라

나를 썹겠다면 썹어라
나는 껌이 되겠다
썹히고 썹혀도
찢어지거나 부서지지 않는
그래도
네 이빨 자국 정도 기억하는
그 정도 껌이겠다

다이어트할 때 모자란 것들

야식을 먹는데
야식이 모자라고
거울을 보는데
거울이 모자라더라

밤의 무도

보이지 않는다

밤이 왔다

검은 문, 검은 책상, 검은 연필

베껴 그린 마네의 올랭피아* 마저

모두가 검다

세상 평등한 달빛은 내 방에 볼일이 없고

아침을 기다리라 한다

아침이야 오겠지, 언젠가는

다만, 그전에 나는 죽을 성싶다

살아야 한다, 그래야 한다

밤을 잡고

밤을 걸어

어디 있을지 모를 불을 켜야 한다

이 밤에 살아남기 위해

내가 움직이고 더듬어

불을 켜야 한다

*) 올랭피아
인상파 화가 마네가 파리 살롱에 출품한 작품으로 당시 '예술이 아니다. 최
악의 그림이다.'라는 갖가지 힐난을 받았지만 후세에는 크게 인정받은 그림.

나는 자유롭고 싶었다

나를 기다리고 있는 사람을 알고 있다
그래서 그의 반대 방향으로 걷는다
수많은 기대들로부터 자유로워지는 방법을
실망시켜 버리는 것으로 알고 있는 탓이다

색

내 안에 있는 몇 가지 색들
어느 색이 진짜 나의 색인지는 모르겠고
한가운데는 통제할 수 없는 검은색이 있네

혼자만의 충고

살아온 모든 게 다를 텐데
살아갈 모든 걸 다 아는 듯해

청춘 여름

힘겹게 외출한 청춘들
이 여름과 어울려 뜨겁기를

미련

어제의 태양은 어디쯤 갔을까
내일의 태양은 어디쯤 오고 있을까
혹, 내일 오는 태양이 어제의 태양이 아닐까
그럼 내일이 어제와 같을 수 있을까

어제의 태양은 잘 가고 있을까
혹, 아니 가지 않았을까

뭐 하고 지내?

'너는 요새 뭐 하고 지내?'
세상에서 제일 싫은 질문.

아침에 일어나 회사를 가고 퇴근해서 집으로 돌아와 다음날 반복.

돌아오는 대답은 항상 같음.
"너는 그게 좋니? 무슨 재미로 살아? 취미를 가져봐."

돌려줄 건 웃음뿐.

일하는 게 죽도록 싫을 당신일진 몰라도 나는 일하는 게 맘 편하고 좋은데 집 가는 게 죽도록 싫을 당신일진 몰라도 나는 집 가는 게 세상 편해 좋은데 당신이 말하는 취미가 얼마나 생산적일진 몰라도 나는 집에서 TV 보는 게 좋은데, 내가 세상에서 제일 좋아하는 걸 하는데 왜 내가 불쌍해야 하고 한심하다는 너의 한숨을 내가 마셔야 하는지.

나는 일 - 집이 좋습니다.
그리고 나는 아주 잘 지내고 있습니다.

그런 걸로

하루의 대부분이 힘들었어도
부분의 행복이 있다면
오늘 하루 잘 만든 걸로
오늘은 행복한 걸로
그런 걸로

어둠이 무뎌질 때까지

온종일 내 것이던 하루의 공기가 낯설게 느껴진다
하루를 조용히 배웅하는 새벽
말없이 떠나는 오늘에게 묻는다
아껴둔 청춘이 이렇게 조용히 닳아지는 거냐고
빈 물음에 대답하듯 밤은 별을 내어준다
나는 다시 묻는다
저 별은 날 위한 별이냐고, 별빛은 어디에 쓰느냐고
나는 끝없이 묻는다 가만히 앉아
어둠은 무뎌질 대로 무뎌지고 나는 걱정이다 아껴둔 청
춘이

다음 역은 봄

마땅치 않은 아침
우리는 온도마저 잃은 전철을 타고 봄으로 간다
봄이여 오라, 봄이여 오라 –
우리는 봄을 부르면서 우리가 봄으로 간다

그리고 우리는
봄에 도착한다

흙길을 지우지 마라

흙길을 덮지 마라
아스팔트 길에는 들꽃이 있을 리 없다
흙길을 지우지 마라
지워지는 건 흙길이다만
아이들의 길이 사라진다
흙길을 지우지 마라
걸음걸음으로 만들어진
그 흙길을
흙길을 지우지 마라

누구를 위한 하루

어제는 낮잠을 잤다.

그렇게 달콤할 수 없는 낮잠을. 그런데 친구가 자고 싶은 거 다 자고 어떻게 성공하겠느냐고 꾸짖었다. 친구는 하루를 조금 더 보람차게 쓰라고 했는데 나는 어제 하루가 썩 나쁘지 않았다. 하지만 나도 잠을 쫓고 꿈을 좇는 청춘이고 싶어 당분간은 낮잠을 자지 않았다. 물론, 몇 번의 유혹이 있었지만, 왠지 나를 한심하게 쳐다볼 친구를 생각하니 쉽게 참아졌다. 시간이 어느 정도 흘러 친구는 비로소 나에게 칭찬을 해줬고 나는 알 수 없는 해방감이 들었다. 어찌 됐든 나는 친구에게 한심한 놈으로 보이지 않아 다행이라 생각했다.

그 후로도 미친 듯이 잠이 찾아와도 참아냈는데 이상하게 하루가 풍족하긴커녕 늘 뭔가 부족했다. 그리고 그 부족한 자리에는 채울 수 없는 잠 대신 짜증과 예민이 채워지곤 했다. 그렇게 어느 순간부터 나의 하루는 즐길 수 없는 녀석이 되어버렸고 괴롭고 피곤한 녀석이 되어 있었다. 나는 늘 방학이 고팠고 방학 중에서도 주말이 절실했다.

"어때? 이제 사람 사는 것 같지?"

늘 부지런한 개미 같은 친구는 베짱이 같은 나에게 물었고 의도야 달랐겠지만 나는 친구의 물음에 대답하고 나니 친구의 생활과는 결별을 해야 했다.

"아니... 살아있다는 느낌이 안 들어."

　하루를 즐기지 못한 나는 하루에 집중할 수도 없었고 늘 쉬는 시간, 주말, 방학만을 갈구했다. 내 기준에서는 아무리 생각해도 인생 대부분의 시간을 버티는 데 쓰고 약간의 시간을 즐기는 데 쓰는 것은 비합리요, 비논리적이었다.

　잠은 조각 잠이면 되고 숨 막히는 바쁨에 활기를 느끼는 내 친구는 나를 이해 못 하겠지만 나는 내 나름대로 열심히 사는 방법을 찾았고 그것이 열심히 일하는 것은 아니었다.

　어찌 됐든 친구는 친구대로 나는 나대로 열심히 살며 우리는 잘 - 살고 있다.

잃어버린 오늘

오늘 이룬 것이 없다면
오늘을 잃은 것이 맞다

나는 주름이 없다

나는 주름이 없다
추악하다 하여 가려버린 주름들
남은 건 귓불만치 부드러운 살들
내 반만년 살더라도 주름은 없으리
수만 번 동상에 화상을 지내왔던 내 주름을
내 아들은 지아비의 살을 평생 모르리

나는 고름도 없다
추악하다 하여 덮어버린 고름들
남은 건 귓불만치 부드러운 살들
내 반만년 살더라도 고름 하나 없으리
내 속이 썩어 문드러져도 내 아들은
나의 고름을 못 찾으리
내 닮은 아들아 네가 고름이 난들 내 탓은 아니다
나는 고름이 없으니 말이다

다시 고요에게 인사를 하며

고요한 내 삶에 요란한 때 있었나
홀로 몸을 떨어대던 시간들 말고
쨍하게 요란해버려 고요함을 깨버리던 때
아무것도 할 수 없던 나는 고요했고
아무것도 할 수 없을 나는 다시 고요해지겠지만
아무것도 할 수 있는 지금
요란한 때 한번 만들어 보고 싶어
비춰주는 등 없고 퍼트려줄 바람 없지만
나는 스스로 빛을 내고 노래를 불러
올해 간 참 시끄러웠다
모두와 상관없을 나의 요란이
성가시고 못마땅하다면 참 미안했다
다시 고요해질 거라 어리석다 하면
결국 숨 다하는 날, 끝없이 고요해질 거 괜찮타 한다
그리하여 나도 빛을 내던 적이 나도 노래를 불렀던 때가
한번은 있었다
나도 그런 때 한번은 만들었다

오늘 사용법

모두가 가진 오늘로
모두가 가질 수 없는 오늘을

다시, 널 생각해

오해라는 핑계

몇 개의 오해들로 몇몇 친구들은 나를 떠났다.

하지만 나는 굳이 오해를 풀지 않았고 그들을 붙잡지 않았다. 친구라는 작자들이 고작 몇 개의 오해로 나를 떠날 순 없다고 생각했기에.

'나와의 관계에 조금 더 노력할 수는 없었나? 설명해 보라고 덤벼들었어야지, 나도 그런 놈들은 필요 없어.'

라고 말하며 나는 몇 개의 오해들로 몇몇 친구들을 떠났다.

그다지 나는 너에게

그다지 나는 너에게
소중한 사람이고 싶지 않다

아끼지 말고 자주 나를 찾아주며
마르고 닳도록 나를 만져줬으면
이토록 나를 함부로 사랑해줬으면

우물

내 가슴 중앙에 너라는 우물을 만들자

내 마음 모두가 너를 퍼마실 수 있게

깊이 아주 깊이 파 버리자

얼마든지 퍼마셔도 마르지 않게

그러자, 낮에는 구름을 띄우고 밤에는 달을 띄워 언제든
지 너를 퍼마시자

혹, 마음이 떠나 버려도 옮길 수 없는 깊은 우물을 내 가
슴 중앙에 만들어 버리자

경포대

청춘남녀 못 이겨 온
경포대의 여름밤
파도는 분위기를 달빛은 조명 몫을

오늘 밤은 열대야라는데
사실이라면 맥주 한잔해야죠

누군가는 추억할 사랑을 찾고
누군가는 오늘 밤 사람을 찾고
불타는 청춘의 마음
저 파도 멈추면 좀 멈출까 보다

그 XX

봄처럼 천천히 오든가
비처럼 적시듯 와야지
그 XX 태풍처럼 다가와
내 마음 남김없이 쓸어갔네

사랑 변비

사랑이 너무 크니까
맘 밖으로 잘 안 나와

네 생각에 잠을 청하지 못하고

몇 가지 이유가 있다

깊은 밤은 지나치게 조용해서 멀리 네 목소리가 들리는 것

아침부터 억지로 재운 네 생각이 잠을 다 자버려 하필,
이 깊은 밤에 깨 버리는 것

체내 반응으로 깊은 밤은 온도가 낮아져서 마음이 따듯
했던 너를 꺼내 온도를 맞추는 것

가득 찼던 낮 하늘과 달리 깊은 밤하늘은 까맣게 비어
내가 그려야 할 자리가 지나치게 많은 것

그 외에도 많은 이유들로 이 깊은 밤에는

스무 어느 해

처음으로 가족과 친구, 연인과 이별을 했다. 그리고 더 많은 이별을 했다. 나는 누군가를 떠났고 누군가는 나를 떠났다. 다시 만날 것을 약속하기도 했지만, 그렇지 않은 이별이 더 많았다. 이별을 할 때마다 나는 익숙해진다고 착각했지만, 이별은 아무리 해도 익숙해지지 않았다.

내리는 눈처럼 어쩔 수 없는 일들이었다.

클럽 추경

형형색색 단풍이 머리에 날리고
천둥소리 가슴을 울리네
아 여인들의 자태는 혼백을 앗아가고
구름이 가득한 그곳에 내가 있었네

삼거리 포차

마음 허전한 이들
하나둘 술집에 모여
빈 마음 소주로 채우네
술병은 비여가고 마음은 가득 차네
그리움으로 외로움으로
빈틈없이 차 버린 마음
몇 잔 더에 넘쳐버리고
가누지 못하는 마음
비틀대며 술집을 걷다 낯선 이에게 흘리네
내 그리움과 외로움

반성문
反省文

충분히 비전공 분야를 물어보는 아버지는 언제나 대학생이 이것도 모르느냐고 꾸짖으신다. 속으로 대들 생각은 도랑에나 던져버리는 것이 낫다 생각하고 나는 방으로 들어와 버렸다. 얄궂은 타이밍의 라디오는 '아버지 때문에 속상할 때'라는 주제로 사연을 받고 있었다.

- 보고 싶은 TV 프로그램 뉴스에 뺏겼을 때!
- 아! 공감 가요.

- 물! 리모컨! 누워서 시키기만 할 때!
- 아, 우리 아버지들 이런 거 있거든요!

나는 동창들이라도 만난 듯 반가움에 오늘 아침 일을 사연으로 보냈고 소주 한 잔 없이 묵은 감정을 라디오에 풀었다. 그리고 사연의 당첨 발표의 순간.

- 아, 저는 이분께 선물을 드리고 싶어요. 사실 진짜 속상할 때는 이럴 때죠.

- 아버지의 어깨가 줄었을 때.

누군지도 모를 사람의 문자 한 통은 순식간에 나를 발가벗겼고 그 문장들은 라디오에서 나와 날카롭게 정수리부터 찔러 들어오더니 마침내 나의 온몸을 관통시켰다.

냉수 몇 잔을 마셔도 시원하지 않던 아침. 아버지는 언제, 아들 때문에 속상할까 생각해 본다.

아버지

둘이 있으면 끝내 어색하더라
당신은 내게 주고픈 말이 많아
고르다 보면 정적이 돼서
단둘이 있으면 끝내 어색하더라

같이 찍은 사진도 몇 장 없더라
당신은 찍어주기만 바빠서
둘이 같이 찍은 사진 몇 장 없더라

항상 나의 어귀에 있던 아버지는 그러하더라

어머니의 부엌에서

매일 봐오던 당신의 걸음이
느려진 것도 모르는 내가
당신의 아침 그릇 소리가
그립다 하면 믿어줄까요

내 사람

원래 없었던 사람
이젠 더 없을 사랑

잔소리

너의 쓴소리가
나는 참 달더라

누군가의 장녀에게

첫 고백
첫사랑, 첫 키스
잊지 못할 세상 가장 소중한
처음의 것들이라지요
그대여, 그대는
존재 자체가
그대의 기저귀, 겨울 외투, 도시락, 졸업식 꽃다발
그대의 매 순간이
누군가에게 처음이었다는 것을
오늘도 봄이 새싹을 대하듯이
누군가는 그대를
누군가는 그대를

둘째

둘째야 우리 둘째야
열 손가락 깨물어 안 아픈 손가락 있겠냐마는
가장 아픈 손가락을 꼽으라면 그건 너란다
첫째 놈에 손길이 가장 먼저 닿고
막내 놈에 손길이 가장 많이 닿으니
손길 몇 번 안 닿은 너를 깨물자니 마음부터 아프구나

둘째야 우리 둘째야
내 가진 게 얼마 못 돼
첫째 놈은 없어 사주고
막내 놈은 닳아 사주니
준 것 없는 네게 마음만 주려니
염치가 없어 그마저도 쉽지 않구나

둘째야 우리 둘째야
너는 아마 모르겠지만
내 정신이 네게 없을수록
내 마음만은 네게 있단다

내일의 사람들

나의 내일은 밝다
한 치 앞도 모르는 내일이다만
내일에도, 모레에도
밝게 웃어주는
나의 사람들이 있기에
나의 내일은 밝다

취준생 청춘에게

농익은 땅이라지만
봄이 돼야 싹을 틔우지
어둠 물린 하늘이라도
때 돼야 해를 띄우지

농익은 청춘이여
봄이 언제 오겠냐마는
봄 기다리는 그대 씨앗
봄까지는 무사하길

집으로의 여행

SNS에서는 사람들이 열차 타고, 비행기 타고 다들 여행을 떠났다. 수십 년을 지나 닿은 열흘짜리 긴 연휴. 누군가 내게 여행지를 추천해 달라 해서 어디가 좋을까 하다가 내가 최근 떠났던 여행지를 추천해 줬다.

집.

장난삼아 집으로 여행을 떠난 적 있었다. 여태 닿았던 소파까지의 걸음에서 더 나아가 소파 너머까지, 걸어서 베란다 구석 보일러실 안쪽까지. 안방의 풍경, 아버지 서재에 꽂힌 꿈, 낯설고 신비한 부엌 서랍 안쪽.

가장 일상적이지만 그래서 알지 못한 곳. 가장 소중하지만 가장 살피지 못한 곳. 안방 침대에 누워서 보이는 어머니의 화장대 풍경에는 어머니가 있고 그녀 뒤에는 머리를 말리는 누나가 있다. 꽃 냄새보다 아득히 베개에 밴 어머니 냄새는 새벽이 돼도 오지 않는 아들에 대한 그리움이 느껴지고 어머니의 옷장에는 한 번도 본 적 없는 값싼 인조가죽 가방들이 가득하다. 옷장 깊은 곳에서는 읽지 않아도 기특하고 간직할만한 누나와 나의 편지가 보인다. 가난해서 공부를 다 하지 못했다던 아버지의 책장에는 아버지의 꿈들이 빼곡하고 여행이라는 이름에만 허락될 아버지의 서랍에는 비상금처럼 모아 둔 동전이 몇만 원은 되어 보인다. 내가 집으로 여행을 떠나지 않았으면 몰랐을 부엌에 묻은 어머니의 손때, 당신의 사랑이 넘쳐흘러 가스레인지에 굳은 사랑의 자국. 본 적 없는 물건들. 나도 몰랐던 내 것들. 나와 오랫동안 같이 살았던 것들. 여행을 떠나지 않았으면 몰랐을 것들.

나는 당신을 여전히 모르지만

언젠가 생각해 봤습니다

당신 앞가림하기도 뭐 빠지게 힘든데
가정 이뤄보자 당신에 당신을 업었고
피 빨아가는 청구서는 두 장이 되었겠지요
당신 좋아하던 여행도 친구도 이젠 볼일이 없고 자식 한
번 봐 보자
피 빨아가는 청구서는 세 장에서 네 장이 되었겠죠
여름이든 겨울이든 당신 알 바 없었을 테고
당신 삼십 대 기억은 손톱의 기름 냄새뿐이었겠죠
잠깐 치워 놓는다던 당신의 남은 꿈과 호기도 마저 소각
시키고
오로지 돈에 생사를 오가며 잠든 자식새끼 머리칼 한 번
쓰다듬고 쓰러졌을 테죠
당신 사십 대 기억은 내 알 턱 없지만, 감히 내가 한몫
차지했을 텐데
당신 팔아 키운 자식새끼 궁금해하면 당신은 몰라도 된
다 했으니 그때 무너진 억장은 괜찮으십니까
그래도 어쩌겠어요
여름 땀띠 낫기도 전에 겨울 동창 걸려 졸업은 시켜주셔
야죠
실종된 당신 인생 찾아보자 오십 줄에 하고픈 것 찾아
보니 당신밖에 모른다, 가족 생각해달라니 영문을 몰랐을
테죠

세상이 나만큼이나 지쳤는지 잠잠해졌길래 이제 살만한
가 싶었더니 암이다 뭐다 울음도 안 나왔을 테죠

나는 당신을 여전히 모르지만
생각은 해봤습니다

비웃지 않아

나는 비웃지 않아
해 뜨기도 전에 일어나
세상 좋아하는 잠을 미루고
세상 따듯한 이불을 뿌리쳐
새벽바람으로 하루를 시작하는 당신을

누구도 비웃지 않아
잘하지 못한다 무시 받더라도
상처마저 이겨 낸 당신을

아무도 비웃지 않아
당장은 대단한 일을 않더라도
언젠가 대단한 일을 할 당신이기에

당신은 당신을
비웃을 테면 비웃으라 하지만
우리는 당신을 비웃지 않아
비웃음도 참아낼 용기를 가진 당신이기에

소나기

자주 오지 않아도
오래 있지 않아도
네가 좋다
이따금 행복을 주는
한여름 소나기처럼

새해 복

새해부터 복이 찾아온다
딱히 어떤 것을 주진 않아도
새해 복받으라, 말 한마디 주는
그 사람들이
새해부터 찾아온
나의 복이구나

추억

아무리 꺼내도
닳지 않는 걸 보면
고거 참 만들길 잘했구나 싶다가
잊고 살아 오랜 뒤에 꺼내보면
녹슬긴커녕 빛이 나니
평생 너를 만들어 먹어야겠다
그래 맛있게
많이
만들어 놔야겠다

배웅

언젠가는 이별이겠지
헤어짐이야 알고 있지
그렇다고 막상 이별하니
안 밉다면 거짓이지
다시 보자, 인연의 끈 쥐여주니
가는 길, 끈 따라 미운 마음 실밥처럼 풀리네

배웅 2

오늘 같은 밤은
아기별들마저도
너를 보내지 말라 하는 것 같다

유난히 짧았던
오늘도 너는 나의 방학이었다

사랑의 축적

사랑을 많이 해 보라 해서
이별도 많이 해 봐야 했다
이별한 만큼 많은 사람을 그리워했고
이젠 누구를 그리워하는지
얼굴 없는 그리움을 그리워할 뿐이다
사랑은 할수록 성숙할 거라는데
내 사랑의 시작은 한 번도 성숙한 적 없었고
마음만 늙어버려 이젠 의욕도 아픔도 무딜 뿐이다

관계의 경계

경계는 사고를 예방하고
나와 너 사이에도 경계가 있다
넘으라면 넘을 수 있는 경계
하지만 넘어선 안 되는 경계
경계를 넘겠다면
서로에 부딪혀 파괴될지도
나와 너는 경계를 안다
줄어들지언정 사라지지 않을 경계를
우리는 경계를 경계해야 한다
허물었다 생각한 그 경계를

관계

relationship

몇 번의 여행을 떠나면서 짐 싸는 법을 알게 됐다. 언제나 이것도 저것도 많은 것들을 챙기고 싶지만 불필요한 짐을 덜어내야 한다는 것을 알게 됐고 무거움 혹은 큰 부피에도 불구하고 꼭 챙겨야 하는 짐이 있다는 걸 알게 됐다.

다시 짐을 싸자.

인생이란 여행에 이제는 덜어낼 짐과 그래도 챙겨야 할 짐을.

고백

만약에 내가
누군가를 좋아한다면
똑바로 보지 못하거나
말을 더듬을지도 몰라
지금처럼

굿모닝

굿모닝 너의 문자
그때부터 응 굿모닝

만우절 사랑

속이는 척
먼저 연락
속는 척
계속 연락

투정

정에 정이 더해져
너에 대한 나의 정이 크다
받아라
나의 무거운 정을
나 하나, 너 하나
공평하게 가져야 그칠 성싶다

밤

다시 너를 생각한다면
바보 같은 날 용서하지 않겠다고
너를 잊겠다 하는 생각이
또 한번 너를 잊는다
아 달의 인력인가
너로 차오른 이 밤
미리 용서할 내일의 밤

제주 바람에서

제주 바람쯤 솔찬히 맞아 봤다만
너 거쳐 닿는 제주 바람은 처음이어라
이만치 좋은 줄 몰랐으니
꼼짝없이 너와 맞아봐야겠다
이 세상 모든 풍경 바람

사랑을 낙엽처럼 부수고 싶어

나도 참 연약했었지 하는 것들이 참 많다. 강해져서 갖는 생각일까, 여러모로 담담한 것들이 많은데 다시 낙엽처럼 부서지고 싶은 것들이 있다. 이를테면 사랑 같은.

사랑에 담담해진 건 뭘까, 사랑 앞에서 차분하고 평온해진 것이 강한 게 맞을까, 그럴 수 있을까, 사랑에 강해지는 게 좋은 것일까, 정답이 있을까, 답을 알려줄 사람 있을까, 그럼 다시 한번 가을처럼 사랑할 수 있을까.

사랑은 벚꽃길에서

엄마 아빠는 카톡 없이 사랑했지만
엄마 아빠도 벚꽃길을 걸었겠지 아마

너와는 매일이

근사한 곳을 안 가도
특별히 한 것 없어도
추억이 되겠지 오늘도

힘든 사랑

'너도 조금 더 힘들면 좋겠어'라는 노랫말*을 들었다. 사랑했던 아니, 지금 사랑하고 있는 사람이 힘들면 좋겠다니 참 못됐다. 정말 사랑한다면 행복을 빌어줘야지라고 생각했던 적이 있었나 보다. 지금 이 노랫말이 나를 이토록 사정없이 누르는 것을 보면. 나는 힘들지 않았다. 그러니까 누군가의 말처럼 힘을 들이지 않으니 힘이 들 리가 없었다. 어디에서 지칠 때로 지친 나는 무엇에도 힘들고 싶지 않았다. 그래서 무엇에도 사랑에도 힘을 들이지 않았다. 지난날 '사랑이 가벼운 장난이냐'라는 물음에 내 사랑을 모욕하는 것 같아 부정했고 화를 냈지만 이제야 안 것이 부끄럽게도 사실이었다. 힘 빠진 나의 사랑은 가벼울 대로 가벼웠으니.

다시 '너도 조금 더 힘들면 좋겠어, 진짜 조금 내 십 분의 일만이라도'라는 노랫말을 들었다. 그러니까 불행했으면 좋겠다.라는 말이 아니었다. 조금 더 사랑에, 이별에, 우리에게, 나에게 힘을 들여 달라고 신경을 써 달라는 말인 거였다. 나의 십 분의 일만이라도 힘주어 달라는 말인 거였다. 힘 가득 들인 무거운 사랑이 되어 가라앉아 버리도록. 어느 바람에도 날아가지 않는.

---

*)
2017년 6월에 발매된 윤종신의 「좋니」 가사.

사람을

사랑이라는 이름으로 사람을 만나고 더 이상 사랑하지 않아 사람을 버린다. 아무리 창문을 걸어 닫아도 제집인 마냥 들어와 드러누운 햇빛처럼 다시 사랑은 찾아오고 '사랑은 원래 그래'라며 사랑이란 이름으로 지난 사람을 아프게 한 죄책감을 털어버린다. 한때 나는 사랑을 사랑해서 사람을 버렸고 새로운 사람이 올 땐 어김없이 반가운 사랑을 당연히 맞이했다. 나는 그랬다. 사랑을 사랑해서. 이제라도 나는 사랑보단 사람을 알고 싶다. 사랑보단 사람을 소중히 하고 싶다. 사람을 안고 싶다. 더 이상 사랑 때문에 사람을 버리는 일이 없게. 사랑할 사람이 아닌 사람을 사랑할 수 있게.

내 삶의 인연들

할 일이 많이 남았지만, 사랑하는 가족과의 시간보다 중요한 일은 없기에 어김없이 일찍 퇴근해서 집밥도 먹고 안방에 다 같이 모여 한껏 수다도 떨었다. 부모님은 늘 그랬듯 시침이 새로 시작하기 전에 불을 끄고 누우셨고 나는 아직 밤이 조금 남았는데 뭘 할까 하다가 다음 주에 친구들과 함께 갈 캠핑 준비를 했다. 콧노래를 부르며.

나는 아직 철없게도 친구들 생각만 하면 즐거움이 넘쳐난다.

이런 내게 세상 다 아는 어른들은 '친구, 다 소용없다. 지금이야 좋지. 결혼해 봐라, 다 멀어진다.'라고 굳이 말한다. 물론 통계가 있으니 공신력은 있겠다만 사실 나와는 상관없는 이야기이다.

나 또한 세상에 왔다 갈 존재이듯 친구도, 가족도, 연인도 다 왔다 가는 이들임을 알기에. 나는 단지 내가 삶을 사는 동안, 내 삶에 친구들이 있는 동안 계속 친구들을 사랑하고 싶고, 즐겁고 싶다. 떠나가는 이유가 결혼이든 죽음이든 무엇이든 고마워하고 싶다. 친구 놈들이 있어서, 같이 세상을 살아서 웃을 일이 많았고 힘낼 일이 많았으니. 그래서 빨리 다음 주에 친구들이랑 캠핑을 가고 싶어 나는 코펠을 닦는다. 세상 다 아는 어른들처럼 나중에 없어질 사람이라고 사랑을 하지 않는다면 과연 우리는 누구를 사랑할 수 있을까,라며 궁시렁거리면서.

사과

apology

언젠가부터 사과가 많아졌다.

어릴 땐 사과라는 것을 왜 해야 하는지 몰라 쉽게 하는 법이 없었다. 사과라면 내가 잘못이 있기에 하는 것인데 나는 잘못이 없다 해서 사과를 않았다. 그렇게 버티고 있다 보면 누가 됐든 나의 잘못을 콕 집어 알려주거나 스스로 화가 가라앉아 나의 잘못만이 둥둥 뜨게 되면 그제야 상대를 생각하게 되었다. 그리고는 미안한 마음을 수건 물기 짜듯 짜 사과를 하였는데 그 시간이 길게는 몇 년이 걸리기도 했다. 그랬었다.

점점 어른이 되어 가는 걸까? 언젠가부터 사과가 많아져 버렸다. '지는 것이 이기는 것이다.'라는 말을 지겹게 들은 탓도 있을 것이다. 말 몇 마디면 굳이 얼굴 붉힐 필요 없고 잠깐 고개 숙이면 평화는 유지되며 진정 미안한 일도 사과해버리면 그래도 사과했으니 괜찮다는 자기 위안으로 마음의 평화를 가질 수 있으니 정말 지는 것이 이기는 것 같이 느껴졌다.

나는 얼마든지 사과를 했다.

그러던 어느 날, 나의 사과가 더는 사과가 아닌 것이 됐을 때 나는 사과를 멈춰야 했다. 그리고 생각한 것이 '지는 것이 이기는 것이다.'라는 말을 만든 사람은 정말 자존심이 강하리라는 것과 잘못을 하고도 이기길 원하는 걸 봐서는 이기적이기도 혹은 나와 같이 세상에 지쳐 그만 대충대충 넘어가고 싶어 했음을 생각해 본다.

어떤 이유였든 그의 사과에도 나의 사과에도 상대는 없었다. 깊이 생각하고 싶지 않은 나, 편해지고자 하는 나 그리고 잘못을 하고도 이기고 싶어 하는 나, 그 외 수많은 나만이 있을 뿐. 상처받은 채, 무겁고 진한 사과를 받아야 할 상대가 아닌.

오늘 밤 나는 사과의 수도꼭지를 잠근 채, 그대들을 생각하기로 했다. 오롯이 그대들을 위한 오래 남을 무겁고 진한 사과를 위해.

그냥

힘이 드나요 그대
대답할 힘 하나 없겠죠
그대 그냥 있으면 돼요
내가 가서 그냥 있어 줄게요
서툰 위로는 기대 말아요
바람도 막아 줄 수 없죠
그래도 그냥 있어 줄게요
기대어 그냥 있으면 돼요

익숙함이란

미안 너무 익숙해졌어
이젠 뭘 해도 예뻐 보여

나만의 봄

우리는 다 같은 봄에 있지만
나만 아는 그런 봄이 있다

머물러 있지도 않을 청춘 그까짓 거
남김없이 써버립시다.

우리 청춘, 파이팅.

이 시간을 기억하며
epilogue

저는 오롯이 제가 만든 인생 위에서, 제가 생각하는 멋진 인생을 살다가 죽고 싶습니다.

제가 생각하는 멋진 인생을 살다 죽을 수 있도록 부족한 이광호 책을 사서 끝까지 읽어 주신 분들에게 진심으로 깊은 감사 인사를 전합니다.

끝으로 당신이 생각하는 당신의 멋진 인생을 위하여 이 책을 맺습니다.

당신의 시간을 위하여.

2018년 1월 20일 이광호.

이 광 호 (李 光 浩)

1989. 12. 24 ~

–

〈당신으로 좋습니다〉
〈그 당시〉
〈사랑하고 있습니다〉

《숲 광장 사막》

《이 시간을 기억해》
《내가 나를 간직할 수 있도록》
《우리는 영원을 만들지》
《아름다운 사유》
《흰 용서》
《사랑의 솜씨》
《구원의 대답은 그럼에도》

이 시간을 기억해

초판 발행	2018년 2월 20일
개정판 4쇄 발행	2021년 12월 25일

지은이	이광호
발행인	이광호
편집	이광호
디자인	이광호

펴낸곳	별빛들(Byeolbitdeul)
출판등록	2016년 8월 10일 제 2016-000022호
전자우편	lgh120@naver.com
홈페이지	www.byeolbitdeul.com

ISBN 979-11-89885-98-4